這本可愛的小書是屬於

_____ 的！

國家圖書館出版品預行編目資料

元元的願望－第一次陪媽媽回娘家 / 林黛嫚著;趙
曉音繪.－－初版一刷.－－臺北市: 三民，2005
面;　 公分.－－(兒童文學叢書.第一次系列)

ISBN 957-14-4216-X　 (精裝)

850

網路書店位址　http://www.sanmin.com.tw

© 元元的願望
———第一次陪媽媽回娘家

著作人　林黛嫚
繪　者　趙曉音
發行人　劉振強
著作財
產權人　三民書局股份有限公司
　　　　臺北市復興北路386號
發行所　三民書局股份有限公司
　　　　地址／臺北市復興北路386號
　　　　電話／(02)25006600
　　　　郵撥／0009998-5
印刷所　三民書局股份有限公司
門市部　復北店／臺北市復興北路386號
　　　　重南店／臺北市重慶南路一段61號
初版一刷　2005年2月
編　號　S 856861
定　價　新臺幣貳佰元整
行政院新聞局登記證局版臺業字第○二○○號

ISBN　957-14-4216-X　 (精裝)

記得當時年紀小

（主編的話）

　　我相信每一位父母親，都有同樣的心願，希望孩子能快樂的成長，在他們初解周遭人事、好奇而純淨的心中，周圍的一草一木，一花一樹，或是生活中的人情事物，都會點點滴滴的匯聚出生命河流，那些經驗將在他們的成長歲月中，形成珍貴的記憶。

　　而人生有多少的第一次？

　　當孩子開始把注意力從自己的身體與家人轉移到周圍的環境時，也正是多數的父母，努力在家庭和事業間奔走的時期，孩子的教養責任有時就旁落他人，不僅每晚睡前的床邊故事時間無暇顧及，就是孩子放學後，也只是任他回到一個空大的房子，與電視機為伴。為了不讓孩子的童年留下空白，也不願自己被忙碌的生活淹沒，做父母的不得不用心安排，這也是現代人必修的課程。

　　三民書局決定出版「第一次系列」這一套童書，正是配合了時代的步調，不僅讓孩子在跨出人生的第一步時，能夠留下美好的回憶，也讓孩子在面對起起伏伏的人生時，能夠步履堅定的往前走，更讓身為父母親的人，捉住了這一段生命中可貴的片段。

　　這一系列的作者，都是用心關注孩子生活，而且對兒童文學或教育心理學有專精的寫手。譬如第一次參與童書寫作的劉瑪玲，本身是畫家又有兩位可愛的孫兒女，由她來寫小朋友第一次自己住外婆家的經驗，讀之溫馨，更忍不住發出莞爾。年輕的媽媽宇文正，擅於散文書寫，她那細膩的思維和豐富的想像力，將母子之情躍然紙上。主修心理學的洪于倫，對兒童文學與舞蹈皆有所好，在書中，她描繪朋友間的相處，輕描淡寫卻扣人心弦，也反映出她喜愛動物的悲憫之心。謝謝她們三位加入為小朋友

寫書的行列。

　　當然也要感謝童書的老將們，她們一直是三民童書系列的主力。散文高手劉靜娟，她善於觀察那細微的稚子情懷，以熟練的文筆，娓娓道來便當中隱藏的親情，那只有媽媽和他知道的祕密。

　　哪一個孩子對第一次上學不是充滿又喜又怕的心情？方梓擅長書寫祖孫深情，讓阿公和小孫子之間的愛，克服了對新環境的懼怕和不安。

　　還記得寫《奇奇的磁鐵鞋》的林黛嫚嗎？這次她寫出快被人遺忘的回娘家的故事，親子之情真摯可愛，值得珍惜。

　　王明心和趙映雪都是主修幼兒教育與兒童文學的作家。王明心用她特有的書寫語言，讓第一次離家出走的兵兵，幽默而可愛的稚子之情，流露無遺。趙映雪所寫的雲霄飛車，驚險萬分，引起了多少人的回憶與共鳴？那經驗，那感覺，孩子一輩子都忘不了，且看趙映雪如何把那驚險轉化為難忘的回憶。

　　李寬宏是唯一的爸爸作者，他在「音樂家系列」中所寫的舒伯特，廣受歡迎；在「影響世界的人」系列中，把兩千五百歲的酷老師 —— 孔子描繪成一副顛覆傳統、令人印象深刻的形象，更加精彩。而在這次寫到第一次騎腳踏車的書中，他除了一向的幽默風趣外，更有為父的慈愛，千萬不能錯過。我自己忝陪末座，記錄了小兒子第一次陪媽媽上學的經驗，也希望提供給年輕的媽媽，現實與夢想可以兼顧的參考。

　　我們的童年已遠，但從孩子們的「第一次」經驗中，再次回到童稚的歲月，這真是生命中難忘而快樂的記憶。我希望每一位父母都能與孩子一起走回童年，一起讀書，共創回憶。這也是我多年來，主編三民兒童文學叢書，一直不變的理想。

作者的話

　　二姐出嫁後的那個農曆新年，我們很想念二姐，等著盼著她回娘家，快到中午了，還沒有二姐的影子。後來二姐借了鄰居家的電話打來，告訴我們要有人去接她，她才能回娘家。我一聽急了，立即去找爸爸要車錢，奔跑著到車站坐客運車到二姐的婆家，那天二姐回到家已近傍晚，吃過晚飯就又搭最後一班客運車回婆家。

　　每年年初二回娘家的日子，去二姐家接二姐這件苦差事幾個姐妹推來推去，往往是落到我頭上。為什麼這是件苦差事呢？一方面去二姐婆家雖然不像臺北到高雄那樣遠，但是那是比南投還要進去的山城，客運車多是其他長途線淘汰下來的舊車，走起山路來更是顛簸，加上到二姐家雖說是去接親人回娘家，總是不能馬上就走，得在二姐家坐一會兒，和那些並不十分熟稔的親家寒暄兩句，這對不擅應對的我們來說都是苦差事。這件苦差事持續了好幾年，直到二姐不再是新嫁娘，以及那閉塞的山城稍稍開放了些。

　　等到我自己回娘家時，每次我都想起那個需要家人去接新嫁娘的傳統習俗，心中不禁想，若是有的人家挪不出人手去接新嫁娘，那個新娘是不是就不能回娘家了呢？就像當年，若是我們姐妹們推三阻四大家都不肯去，那麼二姐會在日落西山時巴巴的眼望著客運車來的方向，期待其中一

部車載來自己的家人，等到最後一班車都走了，於是知道今年回不了娘家了，是不是眼淚就掉下來了呢？

　　現在回娘家對我們家姐妹來說都是很容易的事，回到娘家的輕鬆自在其實和在自己家並沒有兩樣，但是我想一定有那麼一個時期，回娘家對臺灣女性來說是一種幸福的表徵，而這些事我們的孩子並不知道，但願這個故事會告訴他們一部分，至少讓孩子們能想一想，我們的媽媽也是別人家的孩子。

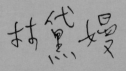

4

元元的願望

第一次陪媽媽回娘家

林黛嫚／著

趙曉音／繪

終於輪到元元了。
輪到元元做什麼？
玩電動，洗澡，還是打預防針？

都ㄉㄡ不ㄅㄨ是ㄕˋ，　　　　3
而ㄦˊ是ㄕˋ輪ㄌㄨㄣˊ到ㄉㄠˋ元ㄩㄢˊ元ㄩㄢˊ
陪ㄆㄟˊ媽ㄇㄚ媽ㄇㄚ回ㄏㄨㄟˊ娘ㄋㄧㄤˊ家ㄐㄧㄚ。

從前一到大年初二，
媽媽要回娘家，
元元就眼睜睜看著
哥哥姐姐高高興興
穿新衣、新鞋，
跟著媽媽回娘家。

次都說：
「我要去。」
每次媽媽拿太小，不讓時，我
「你還由跟就要想快快
元元也媽媽拿太小，那，我快快長大。」

但是當元元一定理元元長大。

元元元元一長大。

5

這次，輪到元元了，
因為哥哥姐姐都不陪
　媽媽回娘家，
　說是那兒都沒有
小朋友，不好玩，
又要坐好久好久的車，
　無聊，不去了，
　　所以就輪到
才長大一點點的
元元當跟班的。

家家_{ㄐㄧㄚ}，
外_{ㄨㄞ}婆_{ㄆㄛ}家_{ㄐㄧㄚ}
娘_{ㄋㄧㄤ}家_{ㄐㄧㄚ}外_{ㄨㄞ}婆_{ㄆㄛ}家_{ㄐㄧㄚ}。
回_{ㄏㄨㄟ}娘_{ㄋㄧㄤ}家_{ㄐㄧㄚ}本_{ㄅㄣ}上_{ㄕㄤ}
媽_{ㄇㄚ}媽_{ㄇㄚ}回_{ㄏㄨㄟ}外_{ㄨㄞ}婆_{ㄆㄛ}家_{ㄐㄧㄚ}
就_{ㄐㄧㄡ}是_ㄕ回_{ㄏㄨㄟ}國_{ㄍㄨㄛ}語_ㄩ課_{ㄎㄜ}本_{ㄅㄣ}上_{ㄕㄤ}
那_{ㄋㄚ}個_{ㄍㄜ}出_{ㄔㄨ}現_{ㄒㄧㄢ}的_{ㄉㄜ}外_{ㄨㄞ}婆_{ㄆㄛ}家_{ㄐㄧㄚ}。

上
本家下
課婆鄉或運是期
在外在車客定假
個的是火的一的出
這現定坐久的且長
出一要很而長才會
這現定坐久且長才

9

　　然後外婆家有很老很老的外婆，
有很多好吃好玩的東西，
以及從來只在課本上看過的動物，
像是牛啊，豬啊，雞呀鴨的⋯⋯
總之，去外婆家就代表著
假期才會做的事，而且會有
許多新鮮的發現。

10

11

元元盼著要去的卻不是
外婆家，而是外公家，
因為外婆，就是媽媽的媽媽，
在媽媽很小的時候就過世了，
元元的記憶中沒有外婆，
只有外公。但是，除了
外婆和外公的差別外，
其他的就像課本上寫的一樣。

外
公
家
在
鄉
下
，
要
坐
很
久
的
客
運
車
，
外
公
家
的
房
子
和
元
元
家
的
高
樓
不
一
樣
，
外
公
家
是
有
前
院
和
後
院
的
平
房
，
前
院
種
了
變
葉
木
、

14

聖誕紅和芭樂樹，
後院是寬闊得可以踢
足球的草坪，但是通常是
公雞母雞在散步。

15

外公家有電視，
但是沒有電腦和電動；
外公家有舅舅阿姨，
但是沒有其他小朋友。

16

難怪哥哥姐姐
來過一次就不肯
再跟，因為要坐
好久的車，無聊，
所以不去了。

17

外公看到元元很高興，直逗著
元元叫「ㄎㄛ　ㄎㄛ」（臺語），然後
又牽著元元的手，說：「外公帶你
去看公雞。」

18

元元看到外公的臉上有許多斑點，手上腳上都是浮凸的線條，很像爬滿許多青色的毛毛蟲，覺得很可怕，而且他不喜歡外公叫他「ㄎㄛ ㄎㄛ」，顯得很幼稚，他才一到外公家就想回家了。

19

可是媽媽很高興。

元元看到媽媽和舅舅阿姨在說話，一直說一直說，一面說一面笑，那個樣子是元元在家裡沒看過的。

家ㄐㄧㄚ裡ㄌㄧ的媽ㄇㄚ媽ㄇㄚ
總ㄗㄨㄥ是ㄕ在ㄗㄞ忙ㄇㄤ，
從ㄘㄨㄥ客ㄎㄜ廳ㄊㄧㄥ忙ㄇㄤ到ㄉㄠ廚ㄔㄨ房ㄈㄤ，
從ㄘㄨㄥ早ㄗㄠ上ㄕㄤ忙ㄇㄤ到ㄉㄠ晚ㄨㄢ上ㄕㄤ。

22

23

24　　　　連叫元元去洗澡
　　都是手上一面摺衣服，
　　一面跑去浴室放洗澡水。

放好了，又去廚房切切煮煮， 25
等元元洗得差不多了，又要去
叫元元起來，幫他穿衣服。

家裡的媽媽不像在外公家，
一直坐在電視機前，跟舅舅
阿姨說說笑笑，還可以看電視
看得掉眼淚。

可惜媽媽回娘家只住一個晚上，第二天，元元和媽媽又要坐很久的車回家，難怪哥哥姐姐來過一次就不肯再跟，是無聊啊。

媽媽在客運車上抱著元元問：
「回外公家好不好玩啊？下次
你要不要再來？要不要再陪
媽媽回娘家？」

30

媽媽一口氣
問了好幾個問題，
讓元元不知道
要先回答哪一個。

32

結果媽媽閉上眼睛睡著了，
元元只好在心裡說，
外公家不好玩，
我很討厭外公叫我「ㄅㄛ　ㄅㄛ」。

33

不過下次我還要再來，
還要再陪媽媽回娘家，
我也希望媽媽能夠
常常回娘家。

34

寫書的人

林黛嫚

　　1962年出生於臺灣。臺灣大學中國文學系畢業，世新大學社
會發展研究所碩士，現任《中央日報》副刊中心主任兼副刊主
編，並擔任中國文藝協會常務理事、中國婦女寫作協會祕書長、臺
灣文學協會常務理事，同時於元智大學教授現代文學。曾多次獲得全國文學獎，作品
入選八十八、八十九年年度散文選，八十九年年度小說選，並主編爾雅版年度小說選
《復活 ── 八十八至九十一年年度小說選》。著有短篇小說集《閒愛孤雲》、《也是閒
愁》、《閒夢已遠》、《黑白心情》，散文集《本城女子》、《時光迷宮》，長篇小說
《今世精靈》等，最新小說作品為《平安》。

畫畫的人

趙曉音

　　上海大學美術學院設計系畢業，現為少年兒童出版社美術編
輯、上海美術家協會會員。主要從事兒童插畫創作與平面美術設計，
作品獲獎多次，其中《小熊先生的生日》獲國際兒童讀物聯盟兒童圖書插圖作品獎。

終於輪到元元陪媽媽回娘家了！可是，看到親戚時到底該怎麼稱呼呢？下面的遊戲，不但可以讓你自己動手做玩具，還可以和爸爸媽媽或其他家人一起玩，更重要的是，以後看到親戚時，都知道該怎麼稱呼他們囉！

1.

準備材料

書面紙或圖畫紙、剪刀、彩色筆。

進行步驟

(1)用書面紙剪出樹幹、樹葉的形狀，在另一張書面紙上貼成一棵大樹。再剪出幾個蘋果，蘋果的個數和親戚的人數有關喔！

2.

(2)在蘋果上寫出你對家人的稱呼，例如爺爺、奶奶、外公、外婆、爸爸、媽媽、伯伯、伯母、叔叔、嬸嬸、姑姑、姑丈、舅舅、舅媽、阿姨、姨丈……。如果不知道家裡有哪些親戚，該怎麼稱呼，可以問問爸爸媽媽或家裡的長輩喔！然後就可以開始玩遊戲囉！

這個遊戲可以由爸爸媽媽出題，小朋友來選擇答案，這樣小朋友的親戚稱謂觀念就會更清楚喔！

(3)以「爸爸」和「媽媽」生下「我」為例，用親戚樹來排列就成了「爸爸」放在左邊深綠色樹葉處，「媽媽」放在右邊淺綠色樹葉處，「我」就放在咖啡色的樹幹部分。小朋友，請你想想看，原本放「我」的地方，還可以換成誰呢？